色彩的概述

人对自然界色彩的反应是从不同色阶的光线反射到人的眼球上，通过大脑，传达到人而产生的感受。

色彩学习的一些重要概念

色彩的三原色

我们通常说的色彩三原色分别是红色、黄色和蓝色。所谓原色，是因为它们不能通过其他颜色调和而产生，是本色，也称"基色"。

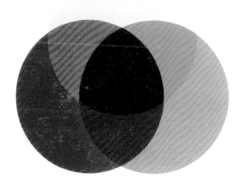

色彩的调和

间色

它是两种原色相调和产生的颜色，如橘色是红色和黄色的叠加，绿色是黄色和蓝色的叠加，紫色是红色和蓝色的叠加。

复色

复色是两种以上间色调和而产生的颜色，也称为"灰色"。

同类色

同类色是色环当中相临近的颜色。

互补色

色环当中相对的颜色，常见如绿色是红色的互补色，紫色是黄色的互补色，橙色是蓝色的互补色等。

纯度

色彩所包含色素多少的程度，又称饱和度。降低饱和度可将不同的颜色调和，或者直接加入黑色或白色都能达到降低饱和度的效果。

色彩的纯度对比

色性

色彩的冷暖性质，它主要是色彩给人的感受来决定的。红色给人以火焰的感受，温暖，称为"暖色"，蓝色让人联想到海洋、冰川，给人以清凉的感受，我们称为"冷色"。

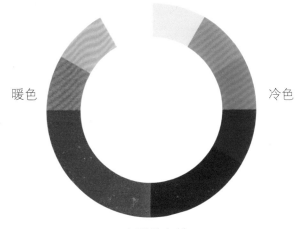

暖色　　　　　冷色

色彩的色性

步骤图解析

实物照片

①观察整组静物，用单色确定好构图大小和各物体的位置，交代出光源和投影方向以及明暗交界线的位置

②铺大色调，从暗部入手，这一步注意确定罐子、啤酒瓶等主要物体的固有色

③整体推进，深入地铺色调，注意明暗关系，同时要注意静物形状和结构的变化

④逐渐将画面中空白的地方填满，拉开受光面和背光面的差别和冷暖变化，在这一步当中仔细规范物体在铺大色调过程中被忽略的外部轮廓

⑤深入地进行刻画，交代出物体之间的相互关系和环境色影响，注意确定玻璃瓶和陶瓷罐子的高光位

实物照片

①用小号笔和熟褐色确定物体的位置、轮廓和明暗关系，明确光源和投影的位置

②从背景到衬布，从暗面到亮面铺色调，确定深蓝色衬布的固有色。这一过程注意毛笔的水分多一点，画得概括一点

③整体铺大色调，注意白色衬布和白色瓷盘在静物环境色影响下的变化，水果色块铺设要肯定，易拉罐和玻璃杯作为高反光度的物品在这一步只确定固有色，背景可用水画湿一点，让它"虚"下去

④"消灭"画面上的留白，注意修整静物的结构和轮廓，高脚杯的形状需交代清楚

⑤深入刻画静物，要清楚静物不是孤立存在的，所以要交代出静物之间色彩的相互影响，同时还要注意各种静物的质感，水果的笔触润一点，高脚杯和易拉罐的反光强烈一些，用干笔触"扫"出高光

实物照片

①按照之前的老办法用单色勾勒出各静物的位置和受光面，这组静物中要特别注意电水壶，它是不锈钢物体，镜面反射最强烈，受环境色影响最多

②从暗部开始铺色调，确定投影的位置，逐渐深入

③快速铺蓝色衬布色调，忌过分注重细节，这一步骤确定蓝色衬布的固有色

④全面铺色调，特别注意电水壶受环境影响的色调变化，反射的静物同样要受透视影响

⑤在深入刻画的同时别忘了退出来看一下画面的整体效果，最后画出反光强烈物体的高光

实物照片

①用铅笔起稿,确定各静物的位置,用蓝色交代出亮面和暗面、投影的位置

②用大笔触对主体静物的陶罐和显眼的红色衬布填色,这个步骤尽量快,以避免过分注意细节

③给背景的白色衬布铺色调,白色是比较"娇气"的颜色,容易受环境色影响。在铺色调的过程中注意白色衬布的褶皱,如受光面色调较冷,背光面就有意处理得暖一点,加点黄色,让它既有明暗对比,也有冷暖对比

④对面包片、水果、金属叉子等深入铺色调,注意相互之间的明度差异

⑤消灭画面上的留白,处理好各静物色彩之间相互影响下的关系,继续深入刻画,最后确定高光

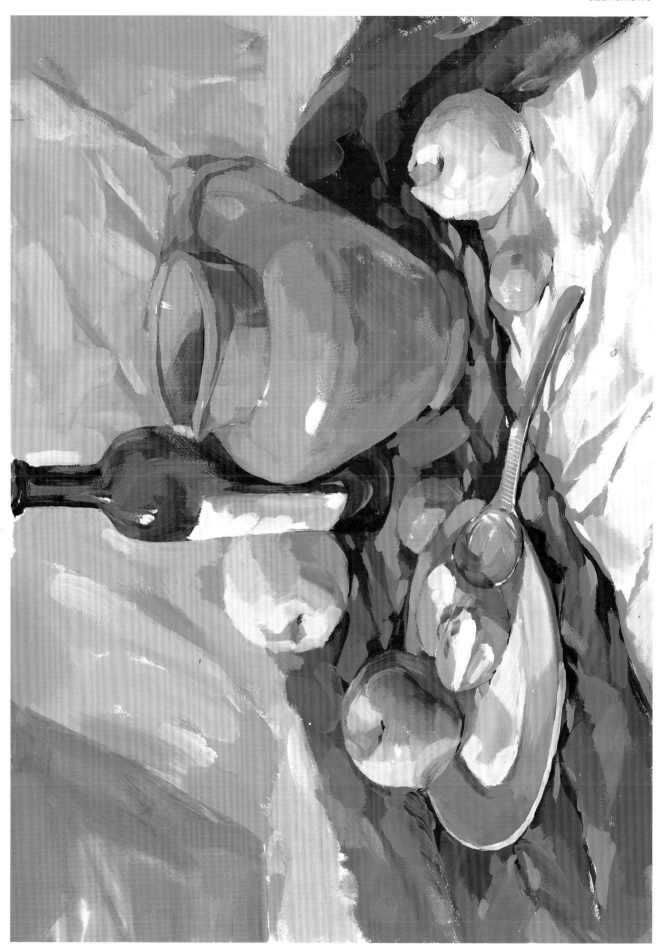

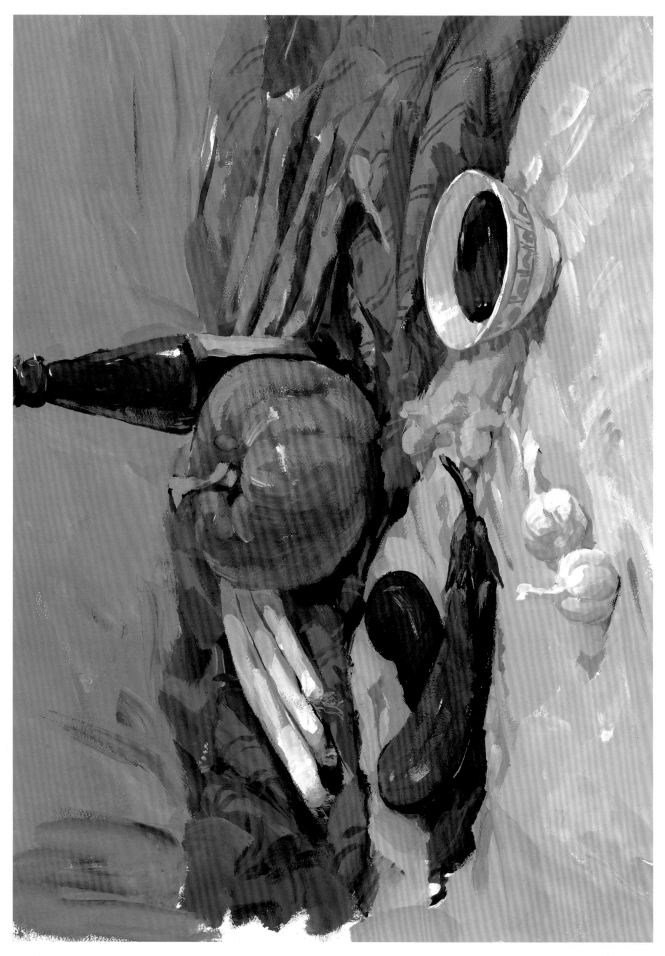